Nota para los padres y encargados:

Los libros de *Read-it!* Readers son para niños que se inician en el maravilloso camino de la lectura. Estos hermosos libros fomentan la adquisición de destrezas de lectura y el amor a los libros.

 El NIVEL MORADO presenta temas y objetos básicos con palabras de alta frecuencia y patrones de lenguaje sencillos.

 El NIVEL ROJO presenta temas conocidos con palabras comunes y oraciones de patrones repetitivos.

 El NIVEL AZUL presenta nuevas ideas con un vocabulario más amplio y una estructura gramatical más variada.

 El NIVEL AMARILLO presenta ideas más elevadas, un vocabulario extenso y una amplia variedad en la estructura de las oraciones.

 El NIVEL VERDE presenta ideas más complejas, un vocabulario más variado y estructuras del lenguaje más extensas.

 El NIVEL ANARANJADO presenta una amplia de ideas y conceptos con vocabulario más elevado y estructuras gramaticales complejas.

Al leerle un libro a su pequeño, hágalo con calma y pause a menudo para hablar acerca de las ilustraciones. Pídale que pase las páginas y que señale los dibujos y las palabras conocidas. No olvide volverle a leer los cuentos o las partes de los cuentos que más le gusten.

No hay una forma correcta o incorrecta de compartir un libro con los niños. Saque el tiempo para leer con su niña o niño y transmítale así el legado de la lectura.

Adria F. Klein, Ph.D.
Profesora emérita, California State University
San Bernardino, California

Editor: Jill Kalz
Designer: Nathan Gassman
Page Production: Tracy Kaehler
Creative Director: Keith Griffin
Editorial Director: Carol Jones
The illustrations in this book were created digitally.
Translation and page production: Spanish Educational Publishing, Ltd.
Spanish project management: Jennifer Gillis/Haw River Editorial

Picture Window Books
5115 Excelsior Boulevard
Suite 232
Minneapolis, MN 55416
877-845-8392
www.picturewindowbooks.com

Printed in the United States of America.

Library of Congress Cataloging-in-Publication Data
Jones, Christianne C.
[Nate the dinosaur. Spanish]
Dani el dinosaurio / por Christianne C. Jones ; ilustrado por Len Epstein ;
traducción, Clara Lozano.
p. cm. — (Read-it! readers en español)
Summary: Ever since Uncle Emilio gave Dani a dinosaur costume for his birthday,
Dani has been misbehaving by acting like a dinosaur, and his sister can hardly wait for
her birthday to see what Uncle Emilio brings to her.
ISBN-13: 978-1-4048-2706-6 (hardcover)
ISBN-10: 1-4048-2706-4 (hardcover)
[1. Costumes—Fiction. 2. Behavior—Fiction. 3. Birthdays—Fiction. 4. Uncles—Fiction. 5. Spanish language materials.] I. Epstein, Len, ill. II. Lozano, Clara.
III. Title. IV. Series.

PZ73.J5585 2006
[E]—dc22   2006008327

Dani el Dinosaurio

por Christianne C. Jones
ilustrado por Len Epstein
Traducción: Clara Lozano

Con agradecimientos especiales a nuestras asesoras:

Adria F. Klein, Ph.D.
Profesora emérita, California State University
San Bernardino, California

Susan Kesselring, M.A.
Alfabetizadora
Rosemount-Apple Valley-Eagan (Minnesota) School District

PiCTURE WiNDOW BOOKS
Minneapolis, Minnesota

Todo empezó en el cumpleaños de Dani.

El tío Emilio le regaló a Dani
un disfraz de dinosaurio.

Desde entonces Dani creyó
que era un dinosaurio.

Gruñía, resoplaba, apachurraba todo y causaba problemas.

Perseguía al perro por el jardín.

Destruyó mi casa de bloques.

Hizo pedazos el periódico
de mi papá con las garras.

Hizo trizas la vajilla de mi mamá
con la cola.

12

Mamá y Papá no sabían
qué hacer con Dani.

No era justo.

Dani hacía lo que quería.

Entonces se me
ocurrió una idea.

Mi cumpleaños era la semana siguiente, y yo sabía lo que quería.

Cuando el tío Emilio llegó con mi regalo, yo quería abrirlo enseguida.

¿Sería lo que yo había pedido?

¡Sí! ¡Era mi disfraz!

Si Dani era un dinosaurio, entonces yo sería un gato.

¿Qué le pedirán Mamá y Papá
de regalo al tío Emilio?

Más *Read-it!* Readers

Con ilustraciones vívidas y cuentos divertidos da gusto practicar la lectura. Busca más libros a tu nivel.

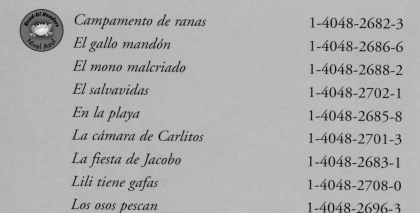

Campamento de ranas	1-4048-2682-3
El gallo mandón	1-4048-2686-6
El mono malcriado	1-4048-2688-2
El salvavidas	1-4048-2702-1
En la playa	1-4048-2685-8
La cámara de Carlitos	1-4048-2701-3
La fiesta de Jacobo	1-4048-2683-1
Lili tiene gafas	1-4048-2708-0
Los osos pescan	1-4048-2696-3
Luis y la lamparilla	1-4048-2704-8
Mimoso	1-4048-2710-2
¡Todo se recicla!	1-4048-2689-0

CUENTOS DE HADAS

Caperucita Roja	1-4048-2687-4
Los tres cerditos	1-4048-2684-X

¿Buscas un título o un nivel específico? La lista completa de *Read-it!* Readers está en nuestro Web site: *www.picturewindowbooks.com*

24